JN058599

運命の戦士たち

中村 篤梓

運命の戦士たち　目次

運命の戦士たち

序章

「おかしら、この家で最後でさ」

盗賊の手下がかしらに言った。

かしらが押し入った部屋の中を見渡す。

村人の後ろの床の間には立派な剣が飾られていた。

「村人風情がたいそうな物を持っているじゃないか。そいつをよこしな」

そう言われた村人がきっぱりと言う。

「この剣は以前わしが傭兵だったころ、ロイヤル王国の国王からいただいた家宝の剣。他人の手に渡すわけにはいかん」

「うるせい」

かしらがナイフを村人に突き立てる。

「うっ…」

倒れ込む村人をどかしてかしらは剣を手にする。そしてタンスの陰に隠れていた母娘を指さして言う。

「そっちの娘も連れていけ。いい売り物になる」

手下が娘を引きずり出そうとすると母親が叫んだ。

「光の女神よ、私の命と引き替えにこの娘をお救い下さい」

胸に下げたペンダントが強烈な光を発する。

「ひゃあ、まぶしい」

おどろくかしら。続いて娘も叫ぶ。

「お母様、お父様」

ソロモンが閉じていた目を見開きつぶやく。

「光が見える。闇を揺るがす忌まわしき光が…」

レジイが答える。

「いよいよ運命が動き出したのかも知れませぬな」

アムドが聞く。

「運命？　それはいったい？」

「すぐに分かる時が来るよ」

1　ファーストステップ

争いが絶えぬ時代。

盗賊によって両親を殺され、家宝の剣を奪われた辺境の村に住む少女ラーナは剣を取り戻すべく友人の尼僧、ミティを連れて森の中に分け入った。

「この森を抜けた所に盗賊のアジトがあるはずよ」

「あっ、あそこに盗賊が」

「また近くの村を襲うつもりね。ミティ、やっつけるわよ」

ラーナは父の残したもう一本の剣を抜いて盗賊たちに斬りかかった。

「何だてめーらは？　ぎゃー」

傭兵だった父に剣術を教わっていたラーナは強かった。あっと言う間に三人を倒す。

「ラーナ、けがはない？」

ミティは少しだけ回復魔法が使えるのだ。

「大丈夫よ。先を急ぎましょう」

2　さすらいの騎士

二人は盗賊のアジトである洞窟の前へとたどり着いた。

ミティが言う。

「盗賊が大勢いるわ」

「いくわよ、ミティ」

盗賊たちに斬りかかるラーナだったが、その前に馬に乗った一人の若い騎士が現れた。

「二人だけで盗賊に戦いを挑むとは無茶なお嬢さんたちだ。どれ、このライアスが助太刀してやるとしましょうか」

「そんなこと誰も頼んでないでしょ？　ちょっと待ちなさい」

ライアスと名乗ったその騎士はラーナの言うことも聞かずに一人で盗賊たちを

蹴散らしてしまった。

「どうだい？　僕は頼りになるだろう」

「勝手なことをしないでちょうだい」

不機嫌なラーナをミティがなだめる。

「まあまあラーナ、頼もしい騎士様じゃない。一緒にいきましょう」

そう言われてライアスは入り口に馬をつないで槍を持ち、二人とともに洞窟の中へと入っていった。

3　盗賊の洞窟

外から洞窟の奥へと逃げ込んだ盗賊の手下がかしらのもとに駆け寄る。

「おかしら、大変です。この間の村娘と変な騎士が攻めてきやした」

「何だと？　野郎ども、出合え出合え」


ラーナたちが洞窟に入ってすぐの所に牢屋があった。

ミティが気づく。

「牢屋に誰か閉じ込められているみたい」

「助けましょう」

ラーナが見張りの盗賊に剣を向ける。

「中の人を放しなさい」

「大事な売り物を渡すわけにはいかねえ」

ラーナは盗賊を斬りつける。

「おかしらー」

倒れた盗賊からカギを奪って中に入ると、とらわれていたのは背中に羽が生えた小さな妖精の女の子だった。

「助けてくれるのね。(やっぱり私って、かわいいから) 私はチップ。お礼にあなたたちのお手伝いをさせて。(この人たちと一緒だと何だか楽しそう)」

「それはかまわないけど、無理はしないでねおチビさん」

ラーナはライアスに加えて仲間が増えることにもうどうでもよくなった。

と、そこへ盗賊たちがやってきた。

「うおー」

「ざこは僕に任せて先にゆけ、ラーナ」

ライアスに促されてラーナは盗賊たちをすり抜けてかしらの所へ向かった。

「家宝の剣を返しなさい」

「俺様に勝つことができたらな」

かしらのナイフよりも速くラーナの剣が突き刺さる。

「バカな、この俺様が…」

「さあ、返してもらうわよ」

「へへ、あの剣なら帝国軍に売っちまったよ。ぐふっ」

崩れ落ちるかしらを見てラーナは愕然とする。

「そんな…」

その時、盗賊たちを倒して追いついたライアスが声をかける。

「ダロン帝国は各地に侵攻しているからね。強い武器を集めているのだろう」

「あの剣は他人の手に渡してはならないと死んだ両親からきつく言われていたのよ」

ライアスは一瞬考えて。

「この辺りに反乱軍が隠れ住む町があるらしい。彼らの協力を仰げればもしかして取り戻せるかも知れない」

「分かったわ。ライアス、道案内をお願い。みんな、これから先はもっと危険な旅になると思うけど…」

ラーナの言葉をミティが首を横に振ってさえぎる。

「大丈夫。最後まで付き合うわ、ラーナ」

そしてチップ。

「私もお役に立ちたい」

涙ぐむラーナ。

「ありがとう」

するとライアスが励ますように号令をかける。

「では、出発しよう」

こうして四人は盗賊の洞窟を後にした。

4　死霊の森

先に進もうとするラーナたちの前に不気味な森が口を開けていた。

ライアスが立ち止まって言う。

「この森の先に町があるはずだ」

「Ｈｕｕ」

木の下に大きなカマを持った死神が現れた。そして、おぞましいゾンビやスケルトンがさまよい出てくる。

ラーナが言う。

「大変、化け物が現れたわ」

「しまった。ここは旅の途中で倒れた者たちの魂が集まるという死霊の森、だったのか？」

ライアスに対してミティが言う。

「私聞いたことがあるわ。妖精は魔物を退ける力を持っているって」

チップが答える。

「ホーリーの魔法でしょ？　私使えるよ。まっかせといて」

ライアス、

「よし、ラーナ。二人を守りながら進もう」

「分かったわ」

ラーナとライアスが先頭に立つ。

ラーナがゾンビに斬りかかる。

「今こんな所で、あなたたちの仲間になるわけにはいかないのよ」

「Ｇｙｏｅｅ」

そしてライアスがスケルトンを槍で突く。

「とう」

「Ｐｏｋｉｎ」

続いてチップが魔法の呪文を唱える。

「ホーリー」

光の玉が死神を包み込む。ひるんだ隙にライアスがとどめを刺す。

「Ｈｕｕ」

四人は何とか森を抜けた。

ライアスが気遣う。

「みんな、無事か？」

ラーナが口をとがらせて言う。

「たいした道案内だったわね」

「いや…、その…」

ばつの悪そうなライアスを見て、チップが笑う。

「アハハハ」

ミティは思った。
（頼もしい騎士様だと思っていたのにがっかりだわ）
やがて森を出るとそこに町はあった。

5　新たなる旅立ち

夕暮れの中、町に入ったラーナたちをひげ面の男とローブをまとった青年が見ていた。

「死霊の森を抜けてくるなんてお前さんたち勇気があるなあ」

ラーナが尋ねる。

「あなたたち、反乱軍の人を知りませんか？　お会いしたいのです」

「反乱軍に会いたいだって？　何だ？　その騎士は？　まさか帝国軍ではあるまいな？」

「彼は私たちのボディーガードよ。実は家宝の剣を帝国軍に奪われてしまって、取り戻したいの」

青年が言う。

「どうやらうそではないようですね。目を見れば分かります。…私たちが反乱軍です」

「あなたたちが？」

男が名乗る。

「おいらは自由革命軍の弓兵、ジャック。こっちは魔法使いのローン」

「よろしく。ちょうど明日、決起の集会に参加することになっています。一緒にいきましょう」

その時、チップが気づいた。

「ねえ、ねえ。誰かこっちに走ってくるよ」

それは町娘たちだった。

「キャー、助けてー」

歩兵隊が追いすがる。

「この町の連中は反乱軍をかくまう不届き者だ。皆殺しにしろ」

ローンが言う。

「どうやら、本物の帝国軍が現れたようですね」

ジャック、

「ここが発見されたのか？　えらいこっちゃ」

ラーナが申し出る。

「私たちも戦います。町を守りましょう」

そして六人は戦いに挑んだ。

するとライアスがラーナに注意する。

「気をつけろ、ラーナ。軍隊は盗賊と違って組織的な動きをする」

「知ってる。お父様に習っているから」

ラーナとライアスは歩兵の動きを逆手にとって、わざと敵を引き付け一人ずつ倒していった。

ジャックとローンも弓と魔法で加勢する。

歩兵隊の士官が言う。

「貴様ら反乱軍だな？」

ラーナの剣が切り裂く。

「えい」

「皇帝陛下万歳」

敵がすべて倒れて、ジャックが目を丸くする。

「お前さんたち強いなあ」

続けてローンも言う。

「これはぜひともリーダーのアーク様に紹介しなければなりません」


かつて光の女神を信仰して栄華を極めたロイヤル王国は武力による征服をもくろむダロン帝国によって滅ぼされた。その帝国に抵抗しようとする自由革命軍に加わることになったラーナたち一行は運命の糸に手繰り寄せられるように新たなる旅立ちを迎えたのだった。

6　対峙

翌日。

ローンの案内でラーナたちが訪れたのは、

「ここは神話に出てくる光の戦士を祭った遺跡です」

石造りのストーンヘンジが立ち並ぶ広場には数十人の自由兵たちがすでに集まっていた。

演台に上がる若者にミティの目が釘付けになる。

「あの方がアーク様…」

勇者アークが言葉を発する。

「みんな、よく集まってくれた。かつて光の女神に頼りきったロイヤル王国は国を守れなかった。その後に登場したダロン帝国は弱い者を踏み付けにする。我々は自由意志による新しい国を興そうではないか。そのための戦いにどうか力を貸してくれ」

「おおー」

自由兵たちが歓声を上げる。と、その時足音がしていつの間にか周りを騎馬と歩兵に取り囲まれていた。この集会は帝国軍に察知されていたのだ。

副官のウスリーが告げる。

「そこまでだ反乱軍ども。皇帝ソロモン陛下の御命令により全員抹殺する」

ライアスが言う。

「あれは帝国軍近衛騎馬隊」

それはアムド隊長の目にとまる。

「ほほー、ライアスではないか。帝国軍を脱走したおぬしが反乱軍に加わっていたか？」

おどろくラーナ。

「！！！！」

ライアスが続けて言う。

「アムド隊長、最近の帝国の行いは間違っています。弱きを助け強きをくじく、それが騎士道だったはず」

「たわ言を。この世の中、強い者が正しいのだ。今からそれを証明して見せよう」

ウスリーが命じる。

「全軍突撃隊形」

ライアスはアークに声をかける。

「アークさん、今のあなた方では騎馬隊と戦うことはできないでしょう。ここは一旦逃げたほうがいい」

「…」

アークは逃げたくはなかったが、剣士のセバスチャンが諭す。

「アーク、残念だが彼の言うとおりだ。西の塔が比較的手薄だからそこを突破しよう」

「よし分かった。みんないくぞ」

アークのかけ声でみんなが一斉に走り出す。

それをさえぎるように塔の前で歩兵隊の士官、パイソンが槍を構える。

「ここを通りたかったらこの私を倒すことだな」

ラーナとライアスが歩兵隊に斬りかかる。

ミティとチップは必死についてゆく。ジャック、ローンも続く。

そしてアークとセバスチャンがパイソンに剣を向ける。

「通してもらうぞ」

「貴様らひよっこにこの私が倒せるものか」

二人がかりで斬りつけるとパイソンは倒れた。

「アムド様、申し訳ありません」

アムドががっかりする。

「ふがいない」

アークが発する。

「よし突破したぞ。みんな、本拠地で落ち合おう」

自由兵たちは逃げ出す。騎馬隊は砂地に足を取られてなかなか追いつけない。

ウスリーがいらだって怒鳴る。

「何をもたもたしている？　早く追撃するんだ」

しかしアムドは平然として言う。

「その必要はない」

「は？」

「ばらばらに逃げる相手をいちいち追いかけるよりも、泳がせておいて本拠地を見つけ出し一挙にたたいたほうが効率的だ。それでなくてもあの程度の戦力では帝都に攻め入ることなどできようはずもない」

「分かりました。それでは、敵本拠地探索の手配をいたしましょう」

7　マリン王国の戦い

アークとセバスチャンは自由兵たちと別れ、ラーナたちと行動をともにすることにした。

そして八人は海沿いの小国、マリン王国へとやってきた。

ここはまだダロン帝国の支配が及んでいないので、何か支援を受けられるかも知れない。

だが、時すでに遅くマリン城は今まさに帝国軍の歩兵隊に攻め込まれている最中だった。

ライアスが言う。

「あれは帝国軍の鉄騎隊だ」

セバスチャン、

料金受取人払郵便

小石川局承認

6163

差出有効期間
令和6年3月
31日まで
（期間後は切手をおはりください）

郵便はがき

112-8790

105

東京都文京区関口1-23-6
東洋出版 編集部 行

本のご注文はこのはがきをご利用ください

●ご注文の本は、小社が委託する本の宅配会社ブックサービス㈱より、1週間前後でお届けいたします。代金は、お届けの際、下記金額をお支払いください。

お支払い金額＝税込価格＋手数料305円

●電話やFAXでもご注文を承ります。
電話 03-5261-1004　FAX 03-5261-1002

ご注文の書名	税込価格	冊　数

● 本のお届け先　※下記のご連絡先と異なる場合にご記入ください。

ふりがな
お名前　　お電話番号

ご住所　〒　　－

e-mail　　@

ご記入いただいた個人情報は、お問い合わせへのお返事、ご注文の商品発送、新刊・企画などのご案内以外の目的には使用いたしません。

東洋出版の書籍をご購入いただき、誠にありがとうございます。

今後の出版活動の参考とさせていただきますので、アンケートにご協力いただきますよう、お願い申し上げます。

● この本の書名

● この本は、何でお知りになりましたか？（複数回答可）

1. 書店　2. 新聞広告（　　　　　新聞）　3. 書評・記事　4. 人の紹介
5. 図書室・図書館　6. ウェブ・SNS　7. その他（　　　　　　）

● この本をご購入いただいた理由は何ですか？（複数回答可）

1. テーマ・タイトル　2. 著者　3. 装丁　4. 広告・書評
5. その他（　　　　　　　　　　）

● 本書をお読みになったご感想をお書きください

● 今後読んでみたい書籍のテーマ・分野などありましたらお書きください

ご感想を匿名で書籍のPR等に使用させていただくことがございます。
ご了承いただけない場合は、右の□内に✓をご記入ください。　□許可しない

※メッセージは、著者にお届けいたします。差し支えない範囲で下欄もご記入ください。

●ご職業　1.会社員　2.経営者　3.公務員　4.教育関係者　5.自営業　6.主婦
7.学生　8.アルバイト　9.その他（　　　　　　）

●お住まいの地域

都道府県　　　市町村区　男・女　年齢　　歳

ご協力ありがとうございました。

「あれじゃ助けてもらうどころじゃないぞ」

ライアス、

「鉄騎隊は編制されて間もない経験の浅い部隊だ。勝機はある」

アークが剣を抜く。

「よし、みんないこう」

その様子を魔導師のボグドが見つける。

「どうやら反乱軍が現れたな。我が力を見せてやろう」

そして呪文を唱える。

「イビデイビデバーグバーグ。大地の精霊よ、我が力となれ」

「Ｇａｏｏｎ」

おたけびとともに地面から岩の巨人が出てきた。

ジャックは腰を抜かしそうになる。

「ひゃー、出たー」

ライアス、

「あれはゴーレムだ。あいつには武器による攻撃は効かないぞ」

そこでローンが、

「ならば、私の魔法で」

さらにチップ、

「私もいるよ」

そしてまずチップが飛んでいって魔法をかける。

「ホーリー」

光の玉でゴーレムの目がくらんだ隙にローンが呪文を唱える。

「ブリザード」

冷気で急激に冷やされた後、

「ファイア」

炎で熱せられたゴーレムは粉々に砕け散る。

それを見たラーナが、さらなる呪文を唱えようとするボグドに斬りかかった。

「そこまでよ」

「お助けー」

倒れるボグドを見てバロン隊長が言う。

「ちぃー、魔導師がやられちまったか。たかが反乱軍といえども侮れないな」

やがて敵兵をかわして走り込んだアークがバロンに剣を向ける。

「いくぞ」

「むむ、強い」

そしてバロンは倒れた。

「任務失敗」

隊長を失った残りの鉄騎隊は総崩れとなり、撤退した。

「みなさん、大丈夫ですか？」

ミティがさっきまで戦っていたマリン兵たちのけがの治療に当たっていると、

城の中から国王が出てきた。

「ありがとう、自由革命軍の者たちよ。実はそなたたちに伝えなければならないことがあるのじゃ」

そして、盟友だった生前のロイヤル国王から聞かされていた話をする。

「ダロンの皇帝ソロモンが強くなったのは闇の神の加護を受けているからじゃ。それに対抗するためには、いずこかにある光の神殿にいって女神の加護を受けねばならん。まずはロイヤル城にいきなされ。そこに光の神殿に関する手がかりがあるはずじゃ」

国王はラーナを見てはっとする。

「娘よ、そなたとは初対面じゃやな？」

「はい」

「はて、面影が誰かに似ているような？…。まあよい。気をつけてゆきなさい」

「はい。ありがとうございます」

翌朝、ラーナたちは国王から地図と食糧をいただいてロイヤル城に向けて出発した。

8　ロイヤル城の秘密

長い時間をかけて森を抜けると湖のほとりに荒れ果てた城があった。

ローンが地図と照らし合わせる。

「あれがロイヤル城です」

ラーナがつぶやく。

「なぜかしら？　懐かしい感じがする」

ここにくるのは初めてのはず、だった。


城の中では一人の男が室内を物色していた。

「ここにうとましい光の戦士に関する手がかりがあるはずだ」

その時、中に入ってくる人の気配を感じた。

「むっ、邪魔が入ったか？」

そしておもむろに呪文を唱え始める。

「イビデイビデバーグバーグ。魔界の戦士よ、我が力となれ」

剣を持ったスケルトンや醜い豚男、オークが壁からにじみ出てくる。

ライアスが言う。

「これほどの魔物を呼び出すなんて、大魔導師レジイの仕業か？」

アークやライアスたちは狭い城内で果敢に戦った。

「残念だがいつまでも遊んでいる暇はない」

そう言い残してレジイは転移の魔法で消えた。

やがて魔物をすべて倒すと、セバスチャンが言う。

「これで全部倒したか？」

アーク、

「もう、大丈夫みたいだ。ここは王の間か？」

部屋に玉座が置かれている。

するとラーナのペンダントが光り出す。

後ろの壁が開いた。

ライアス、

「隠し扉だ」

中を調べると一枚の古い地図があった。

ローン、

「これは光の神殿の場所を記した地図ですね」

ライアスが疑問を口にする。

「ラーナ、そのペンダントはいったい？」

「これはお母様の形見で光の女神のお守りよ」

ラーナのペンダントの秘密は分からなかったが、とりあえず光の神殿がある山を目指してみんなは出発することにした。

9　天の掛け橋

誰がどのようにして造ったのだろう？　深い谷の上に巨大な釣り橋が架けられていた。

「はあ、はあ…」

ミティが息を切らせているとアークが気遣う。

「ミティさん大丈夫ですか？　この高さまで登ってくると空気が薄くなっていますから、ゆっくりいきましょう」

ミティはほおを赤らめて。

「あっ、ありがとうございます」

すると、その様子を天馬に乗った天騎隊が上から見ていた。

「クレオ隊長、反乱軍です」

女性騎士が隊長のクレオに告げた。

「よし、攻撃を開始する」

「お待ち下さい。アムド様の指示では手出しはせずに追跡せよと」

「強く美しいこのクレオ・バトラーが敵を見逃すまねなどできるものか。責任は私が取る。続け」

天騎隊が八人に襲いかかる。

すかさずセバスチャンが叫ぶ。

「みんな、橋から落ちないように注意しろ」

弓を引こうとするジャックが槍を受ける。

「しまった、やられた」

倒れ込むジャックを見てラーナは剣を振りかざす。

「よくもやったわね」

しかし、空を飛ぶ天馬には届かない。

その時、ジャックがむくりと起き上がり弓矢を放つ。

「死んだふりだ」

矢はクレオの右肩に刺さり、はずみで槍を落としてしまう。

「おのれ。この私に傷を負わせるとは。仕方がない、撤退だ」

天騎隊は飛び去り、ライアスが声をかける。

「みんな、無事か?」

ジャックが答える。

「おいら、たいしたけがじゃないよ」

ミティが近寄って回復魔法をかける。

「ヒール」

チップがそれを心配そうに見つめる。

「ジャック、大丈夫?」

「大丈夫、大丈夫。ほうら、ミティのおかげで治ったよ。ありがとう」

そこでローンが言う。

「光の神殿までもう少しです。さあ、いきましょう」

10　光の神殿

山頂にひっそりと光の神殿が建てられていた。その前には大きい熊のような野獣が門番をするかのごとく立ちはだかっている。

アークとセバスチャンがすぐさま剣を抜く。

「いくぞ、セバスチャン」

「おう」

二人の攻撃で野獣を倒す。

神殿の中に入ると、またもラーナのペンダントが光り出す。そして天井に神々しい女性の顔が浮かび上がった。

「私の名はアマテラス。あなたたちが光の女神と呼ぶ者です。勇敢な若者たちよ、よくここまでたどり着きました。あなたたちに闇の力に立ち向かうための光の力を授けましょう」

するると神殿の中が光で満たされ、みんなの体に変化が現れる。

アーク、

「力がみなぎってくる」

セバスチャン、

「本当だ」

ライアス、

「こっ、これは？」

ラーナ、

「すごいわ」

ジャック、

「強くなったぞ」

ローン、

「魔力が増大しています」

ミティ、

「私も」

チップ、

「すごーい、すごーい」

アマテラスがさらに述べる。

「私が手助けできるのはここまでです。あなたたちの運命はあなたたち自身の手で切り開かねばなりません。さあ、おゆきなさい。光の戦士たちよ」

11　急転直下

山のふもとには帝国軍の輸送隊が集まっていた。

「この近くで戦闘中なのだ。これらの武器を届けねばならん」

そこへ、アークが先頭に立って八人は斜面を駆け下る。

「本拠地はもうすぐだ。一気に下るぞ」

「何だ？　反乱軍か？」

不意を突かれた輸送隊はあっけなく全滅する。

「皇帝陛下万歳」

それらが運んでいた荷を調べると、ラーナがおどろく。

「これは家宝の剣だわ。こんな所にあるなんて」

ローンが言う。

「よかったですね、ラーナさん。あなたの目的は達せられました。ここから村へ帰りますか？」

「いいえ。乗りかかった船ですものね、最後まで付き合います」

するとミティが、

「私も一緒よ」

チップも、

「私も、私も」

そこでセバスチャンが言う。

「こいつら近くで戦闘中だとか言っていたな？」

アーク、

「寄り道になるけど、助けにいったほうがいいと思う」

みんなは彼の意見に賛成した。

ライアスが辺りを見回して。

「これらの武器はもったいないな」

ジャックが提案する。

「ちょうだいしちゃおうぜ」

こうして、新しい武器を手に入れる。

12　ロイヤルプリンセス

八人が駆けつけると山あいの、マウンテン王国の城を天騎隊が攻めていた。

焦るクレオ隊長が彼らに気づく。

「ええい、新しい武器はまだ届かぬか？　あれは反乱軍か？　前回の失敗でこんな辺境に送られてしまったが、雪辱のチャンスだな」

ローンが叫ぶ。

「みなさん、伏せて下さい」

そしてすばやく呪文を唱える。

「サンダー」

雷の魔法でたちまち数騎の天馬が落ちた。

「次はおいらの番だ」

ジャックが弓矢を放ち、さらに天馬が落ちる。

なおも向かってくるクレオにアークが剣を振りかざす。

「とう」

「ああ、陛下」

かくして天騎隊は全滅した。

城の中から国王が出てきてラーナを指さす。

「おおー、その剣はまぎれもなくロイヤルソード。それを持っているそなたはもしや、ロイヤル王国の王女様では？」

「私が王女？」

「かつてロイヤル城が落城した時、まだ赤子だった王女様をその剣とともにさる傭兵夫婦に託して逃れさせたのです」

「そうだったの」

ラーナには思い当たる節があった。以前マリン国王が誰か（ロイヤル王妃）に似ていると言っていたことも、ロイヤル城へいった時に懐かしいと感じたことも。自分が王女だったからだ。

そこでライアスが疑問を投げかける。

「国王様、どうしてロイヤル王国は光の加護を受けられずに滅ぼされてしまったのですか？」

「事態を把握するのが遅かったのだ。ダロンの企みに気づいて光の神殿へいこうとしたやさきに攻め込まれてしまった。同盟国でありながらロイヤル王国を守れなくて申し訳ない、王女様」

ミティが言う。

「ラーナは王女様だったんだ。私、王女様の友だちだなんて何だかおそれおおいわ」

ラーナは、

「ミティ、あなたはこれからも大切な友だちよ」

チップ、

「私も、友だち？」

「そうね、チップも大切な友だちよ」

そう言われたチップは喜び、舞跳ねる。

一方、ラーナはアークに話す。

「たとえ私が王女だとしてもロイヤル王国の再興なんて考えません。新しい国作りはアークさんたちにお任せします」

「分かりました。とにかく、本拠地に帰って新しい作戦を練りましょう」

13　対近衛騎馬隊

八人が自由革命軍の本拠地である小屋に到着すると、中では自由兵たちが待っていた。

「お待ちしていました、アーク様。こちらは全員健在です」

アークが言う。

「光の加護を受けられたんだ。まもなく、ダロン城に攻め入る時だ」

その時ジャックが窓の外を見ておどろく。

「おい、あれは？」

それは近衛騎馬隊だった。

ウスリーが言う。

「ついに見つけたぞ、反乱軍ども。今度こそ皆殺しにしてやる」

外に出て、ライアスが聞く。

「ウスリー、アムド隊長はこないのか？」

「貴様らごときアムド様の手を煩わせるまでもない」

しかし、光の加護を受けたアークたちは強かった。

近衛隊は一人、また一人と倒れていく。

ラーナはロイヤルソードで騎馬を切り裂く。

ウスリー、

「ライアス、アムド様はお前に期待していたのになぜ脱走した？」

「僕はダロンの軍人である前に一人の騎士として生きたかったのだ」

「ふざけた言を」

そしてライアスはウスリーを槍で突く。

「アムド様、申し訳ありません」

近衛隊を倒しきったところでライアスが言う。

「近衛隊が部隊を分けてきたということは、ほかの部隊は帝都から出払っているということだ。攻めるなら今がチャンスだ」

アークが発する。

「よし、みんないこう。ダロン城へ」

14　城門の戦い

アークを先頭に自由兵たちがダロン城にやってくると、城門の前にアムドたちが待ち構えていた。

「どうやらウスリーは失敗したようだな」

「また会ったな、アムド隊長。今度は逃げないぞ」

「望むところよ、来い」

だが光の加護を受けていない自由兵では近衛隊に歯が立たない。

見かねたセバスチャンが突進する。

「どけどけ、俺が相手だ」

さらにジャックやローンも攻撃して、近衛隊はアムド隊長を残すのみとなった。

アークが斬りかかる。

「いくぞ」

一瞬の間に勝負がつき、アムドは倒れた。

ライアス、

「父さん」

ラーナ、

「！！！！」

アムド、

「強くなったな。おぬしたちなら運命を変えられるやも知れぬ。さらばじゃ」

アークがライアスに恐縮して言う。

「アムド隊長はあなたのお父上だったのですね。申し訳ないことをしました」

「いいえ、これも軍人としての道を選んだ父の運命だったのでしょう」

そこでセバスチャンが言う。

「さあ、城の中に乗り込もう」

15　闇の皇帝の最期

皇帝の間で、大魔導師レジイが皇帝ソロモンに進言する。

「陛下、反乱軍が上がってきます。私が魔物を召喚いたしましょう」

「その必要はない。光と闇、どちらの運命が勝つかいざ勝負」

そう言ってソロモンは斧を手に持ち立ち上がる。

そこへアークたちが駆け込む。

「皇帝、覚悟しろ」

レジイは暗黒魔法の呪文を唱える。

「ダーク」

すかさずローンも呪文を唱える。

「ファイアストーム」

激しい魔法のぶつかり合いの末、レジイは炎に包まれ燃え尽きた。

「こやつら光の加護を？　抜かったな、無念」

するとソロモンが斧から闇の波動を飛ばす。

それをアークが光のパワーで受け止める。

「うおー」

そしてソロモンの首をはねた。

ソロモンは断末魔に言う。

「これが闇の運命か？」

セバスチャンがアークに駆け寄る。

「やったな、アーク」

その時、地響きがする。

ジャックがうろたえる。

「何だ？　何だ？」

ラーナが窓から身を乗り出して叫ぶ。

「空が真っ黒い雲でいっぱいよ」

アーク、

「いったい何が起こっているんだ？」

16　運命を乗り越えて

城の裏手に出ると、空から三体の竜のような魔物が舞い降りてきた。

「いけにえはささげられた。もうすぐ、闇の神カオス様がよみがえる」

神話の時代、光の戦士によって封じられた闇の神カオスが復活すると言うのだ。

アークが果敢に立ち向かう。

「そうはさせないぞ」

ジャックが弓矢を放つ。

「おいらも負けないぞ」

続けてローンが呪文を唱える。

「トルネード」

竜巻の魔法で、魔物の一体は倒した。

だが残りの魔物が炎のブレスを吐き、みんなは吹き飛ばされてしまう。

そこで、チップが魔法をかける。

「ホーリーバブル」

光の泡でブレスを防いでいる間にミティが回復魔法をかける。

「フォースヒール」

セバスチャンがうめく。

「くそっ、強すぎる」

ラーナは思った。

(これが運命だなんて、私は認めない)

カオスが復活すれば神話以前の混沌とした暗黒時代が再び到来するのだ。

そしてラーナは養母の形見のペンダントを天にかざす。

「光の女神よ、私の命と引き替えにみんなをお救い下さい」

強烈な光の中でアークは剣を突き刺す。

するともう一体の魔物も倒れた。

「気をつけるがいい。人々が闇の力を求めし時、カオス様はいつでもよみがえる」

残りの一体は空に帰って、戦いは終わった。

ライアスが馬を降りてラーナを抱き起こす。

「大丈夫か？　ラーナ」

「私、生きてる？」

ラーナは奇跡的に命を取り留めた。

身代わりになったのか？　ペンダントは砕け散っていた。これは養母の愛だったのかも知れない。

そして空は晴れ渡る。

終章

アーク、

「まだすべてが終わったわけじゃない。これから新しい国作りが待っている」

ミティ、

「私もお手伝いさせて下さい」

ライアスがラーナに言う。

「僕はこれから旅に出ようと思う。ラーナ、一緒にいかないか？」

「そうね、私には帰りを待っている人はいないし。ただし、また死霊の森へいくのはいやよ」

「まだ根に持っていたのか？」

「根に持ってはいないわよ。もう立派な騎士様ですものね。頼りにしてます」

そこへチップがしゃしゃり出る。

「ねえねえ、私も付いていっていい？　私、二人の子供のお姉ちゃんになってあげるね」

おどろくラーナ、

「！！！！」

きょとんとするライアス。

「！？！？」


アークとセバスチャンはダロンに支配されていた国々をまとめ上げ、新しい国作りに奔走する。

ミティはアークの妻になり、夫を献身的に支える。

ジャックは故郷の町に帰り、猟師になった。

ローンは国民学校の教師になる。

ラーナ、ライアス、チップの三人は諸国を巡り、平和の貴さを説く旅をする。
こうしてすべては伝説になった。

［著者］中村 篤梓（なかむら・あつし）

1974 年　千葉県市川市生まれ。
1994 年　第 51 回 コスモス文学新人賞短編小説部門佳作受賞。

著書『若き翼たち』文芸社 2010 年

運命の戦士たち

発行日　2024 年 3 月 31 日　第 1 刷発行

著者　中村 篤梓

発行者　田辺修三
発行所　東洋出版株式会社
〒 112-0014　東京都文京区関口 1-23-6
電話　03-5261-1004（代）
振替　00110-2-175030
http://www.toyo-shuppan.com/

印刷・製本　日本ハイコム株式会社

ISBN 978-4-8096-8705-1
定価はカバーに表示してあります

ISO14001 取得工場で印刷しました